27 NOV. 1865

CATALOGUE

DE

TRÈS-BEAUX

MEUBLES LOUIS XVI

EN ACAJOU, BOIS D'AMBOINE & BOIS ROSE

Garnis de Bronzes finement ciselés et dorés, de Baguettes
et de canaux en cuivre uni;

MEUBLES PORTUGAIS EN BOIS SCULPTÉ

Tapisseries: Pendules régulateur & autres; Bronzes Louis XVI;
Lustres; etc.;

DONT LA VENTE AURA LIEU

HOTEL DROUOT

SALLE N° 1

Les Lundi 27 & Mardi 28 Novembre 1865

A DEUX HEURES

Par le ministère de Mᵉ **ESCRIBE**, Commissaire-Priseur,
rue Saint-Honoré, 217,

Assisté de **M. FOULIÈRE**, rue de la Chaussée-d'Antin, 68,

CHEZ LESQUELS SE DISTRIBUE LE PRÉSENT CATALOGUE.

EXPOSITION PUBLIQUE

Le DIMANCHE 26 Novembre 1865, de une heure à cinq heures.

PARIS

RENOU & MAULDE

IMPRIMEURS DE LA COMPAGNIE DES COMMISSAIRES PRISEURS

Rue de Rivoli, 144.

—

1865

EXEMPLAIRE DE H. STETTINER

CATALOGUE

DE

TRÈS-BEAUX

MEUBLES LOUIS XVI

EN ACAJOU, BOIS D'AMBOINE & BOIS ROSE

Garnis de Bronzes finement ciselés et dorés, de Baguettes
et de canaux en cuivre uni;

MEUBLES PORTUGAIS EN BOIS SCULPTÉ

Tapisseries; Pendules régulateur & autres; Bronzes Louis XVI;
Lustres; etc.;

DONT LA VENTE AURA LIEU

HOTEL DROUOT

SALLE N° 1

Les Lundi 27 & Mardi 28 Novembre 1865

A DEUX HEURES

Par le ministère de **M° ESCRIBE**, Commissaire-Priseur,
rue Saint-Honoré, 217,

Assisté de **M. FOULIÈRE**, rue de la Chaussée-d'Antin, 68,

CHEZ LESQUELS SE DISTRIBUE LE PRÉSENT CATALOGUE.

EXPOSITION PUBLIQUE

Le DIMANCHE 26 Novembre 1865, de une heure à cinq heures.

PARIS

RENOU & MAULDE

IMPRIMEURS DE LA COMPAGNIE DES COMMISSAIRES PRISEURS

Rue de Rivoli, 144.

1865

D 05417

CONDITIONS DE LA VENTE

Elle sera faite au comptant.

Les Acquéreurs paieront, en sus des adjudications, CINQ CENTIMES PAR FRANC applicables aux frais.

DÉSIGNATION

1 — Beau Meuble à trois corps, formant armoire à glace et chiffonnier en acajou garni de cuivre, dessus en marbre bleu turquin, époque Louis XVI.

2 — Lit de la même époque, en acajou, à canaux et baguettes en cuivre uni.

3 — Commode en acajou, à canaux et baguettes de cuivre uni, époque Louis XVI.

4 — Grand Dressoir en acajou, orné de bronze doré, époque Louis XVI.

5 — Bureau dos-d'âne, du temps de Louis XVI, en laque, à mandarins, orné de bronze doré

6 — Chiffonnier à dix tiroirs en bois amaranthe à filets, garni de bronze doré, époque Louis XVI.

7 — Bureau à cylindre, à brisures, en acajou, à baguettes et canaux en cuivre, époque Louis XVI.

8 — Très-jolie Table de milieu en ancienne marqueterie de bois, à rinceaux et guirlandes, ornée de bronzes dorés style Louis XVI.

9 — Meuble à hauteur d'appui, époque Louis XIII, en ébène gravée et à dessus de marbre griotte.

10 — Grande et très-belle Bibliothèque à trois portes, à frises et baguettes en cuivre uni, époque Louis XVI.

11 — Grande Console en acajou, de la même époque, à dessus de marbre blanc, ornée de bronze doré.

12 — Autre Console semblable à la précédente.

13 — Commode demi-lune à portes de côté, en acajou ornée de bronze doré, époque Louis XVI.

14 — Chiffonnier à sept tiroirs en acajou, à baguettes de cuivre uni, époque Louis XVI.

15 — Petite Bibliothèque en marqueterie de bois à fleurs, époque Louis XVI.

16 — Beau Bureau à cylindre, du temps de Louis XVI, en acajou moucheté, orné de bronze doré.

17 — Toilette à la reine, en acajou, époque Louis XVI.

18 — Petit Chiffonnier en acajou moiré, baguettes en bronze doré et à dessus de marbre blanc, époque Louis XVI.

19 — Commode en acajou, du temps de Louis XVI, à dessus en marbre blanc, signée Gamichon.

20 — Joli Meuble d'encoignure à portes et tablette en vernis Martin, garni de bronze doré, époque Louis XVI.

21 — Console demi-ronde en acajou, pieds cannelés, ornements en bronze doré et dessus en marbre blanc, époque Louis XVI.

22 — Très-belle Table portugaise en bois de fer à colonnes torses.

23 — Très-beau Cabinet portugais en bois de fer.

24 — Deux Chaises portugaises en bois sculpté, à siéges et dossiers garnis d'ancien cuir repoussé.

25 — Un Fauteuil et une Chaise en bois sculpté, garnis de cuir de Cordoue.

26 — Plusieurs Chaises de diverses époques en bois sculpté, couvertes en tapisserie, soie et étoffes diverses.

27 — Petite Bibliothèque en bois noir, garnie de cuivres unis

28 — Chiffonnier en bois de rapport, à filets.

29 — Bibliothèque en acajou, à baguettes en cuivre uni, époque Louis XVI.

30 — Table à jeu en acajou, à ressauts et à pieds cannelés, baguettes en cuivre uni, elle est garnie de deux tiroirs, époque Louis XVI.

31 — Autre Table semblable à la précédente.

32 — Table en acajou garnie de cuivres unis, époque Louis XVI.

33 — Lit de milieu en acajou, à canaux et baguettes de cuivre uni, époque Louis XVI.

34 — Deux Meubles formant bibliothèques, en acajou.

35 — Deux jolies Jardinières carrées en acajou garnies de bronze doré, époque Louis XVI.

36 — Meuble-Bibliothèque en bois d'amboine quadrillé.

37 — Encoignure en bois violet, époque Louis XIV.

38 — Très-belle Commode-Bureau en acajou, ornée de riches bronzes ciselés et dorés ; les côtés formant étagères à jour sont garnis de tiroirs à secret, le dessus en marbre turquin, époque Louis XVI. Signée Cosson.

39 — Grande et belle Bibliothèque à trois portes, en acajou, garnie de baguettes en cuivre uni, époque Louis XVI.

40 — Bureau bonheur-du-jour, en bois rose et bois amaranthe, époque Louis XVI.

41 — Table à quatre faces, à huit pieds à gaînes en ivoire et ébène.

42 — Très-beau Coffret en bois violet, garni de cuivre doré.

43 — Chiffonnier en bois noir et acajou, époque Louis XVI.

44 — Joli Bureau dos-d'âne en bois violet, époque Louis XVI.

45 — Servante en ébène et ivoire, époque Louis XIV.

46 — Très-jolie Table, dite rognon, en marqueterie de bois, époque Louis XVI.

47 — Baromètre, du temps de Louis XVI, à rubans et branches de laurier en bois doré.

48 — Autre Baromètre décoré de lions et feuillage, en bois doré, époque Loius XVI.

49 — Chaise percée en bois sculpté, époque Louis XVI.

50 — Très-belle Tapisserie des Gobelins, à sujet biblique.

51 — Tapisserie de Beauvais, sujet à personnages.

52 — Tapisserie d'Aubusson, sujet mythologique.

53 — Glace de Venise biseautée, avec fronton.

54 — Glace à biseau, cadre à moulure en ébène, orné de plaques en fer repoussé.

55 — Petite Glace, cadre à sujet.

56 — Pendule à quantiè ne, avec vases et socles en marbre griotte, époque Louis XVI.

57 — Pendule régulateur, du temps de Louis XVI (signée Robin, horloger du roi).

58 — Pendule Louis XVI en bronze doré et marbre blanc.

59 — Cartel en bronze doré, de la même époque.

60 — Plusieurs paires de Flambeaux en bronze doré, époque Louis XVI.

61 — Deux Coupes en ancienne porcelaine de Chine, décor à mandarins, monture rocaille en bronze.

62 — Coupe en ancienne porcelaine de Sèvres pâte tendre, décorée de fleurs, monture en bronze doré.

63 — Coupe en ancienne porcelaine du Japon, fond bleu, monture en bronze.

64 — Lustre à neuf lumières, époque Louis XIII, en cuivre doré, garni de cristaux.

65 — Lustre à vingt-cinq lumières, en bronze et cristal.

66 — Une paire de Chenets Louis XIII, en cuivre.

67 — Une paire de Chenets en fer.

68 — Deux Pistolets à rouet.

69 — Petit Canon en bronze, daté 1713.

70 — Un lot d'Armes indiennes.

71 — Médaillon ovale en marbre blanc, portrait de sainte femme.

72 — Lampe ancienne à figures en bronze.

73 — Plusieurs lots de Porcelaines, Faïences et Objets divers.

74 — Sous ce numéro seront compris plusieurs Meubles de l'époque Louis XVI en acajou et bois rose.

Renou et Maulde, imprimeurs de la Compagnie des Commissaires-Priseurs, rue de Rivoli, 144.　　46346

www.ingramcontent.com/pod-product-compliance
Lightning Source LLC
LaVergne TN
LVHW010227060726
842527LV00007B/2665